Christine Schmidhofer

Leuchtkäfer

1

Ich danke meiner Tochter Sophia, auf die ich sehr stolz bin, meinem Liebsten, mit dem ich dieses wunderbare Jahr verbringen durfte und besonders meinem Vater Hans Schmidhofer, der ein großes Vorbild und guter Vater für mich war und ist

Impressum

Text: Christine Schmidhofer

Gestaltung: Christine Roiter

Erschienen im Verlag Nina Roiter, Linz 2019

ISBN 978-3-903250-20-8

Entree

Leuchtkäfer leben nur einen einzigen Sommer lang. In dieser kurzen Zeit erfüllen sie die Sommernächte mit Magie.

Die meisten Käfer gibt es im Juni, wenn der Sommer noch jung und alles voll Verheißung und prallem Leben ist.

Je länger man in einen dunklen Wald blickt, umso mehr Lichtpunkte werden sichtbar. In sternklaren Nächten wirkt es so, als wären die Sterne auf die Erde gefallen - und ein bisschen ist es ja auch so.

Leuchtkäfer machen kein Geräusch. Lautlos fliegen sie und leuchten, um einen Partner, eine Partnerin anzulocken.

Die süße Sinnlichkeit einer lauen Sommernacht, wo alles möglich scheint, wo Zeit überhaupt keine Rolle spielt, ja gar nicht existiert, da die Nacht einen dunklen warmen Mantel um die Welt gelegt hat, weckt die Käfer auf.

Dann beginnen sie auszuschwärmen ... und grünweißsilbern zu leuchten. Der magische Tanz beginnt ...

Carpe noctem!

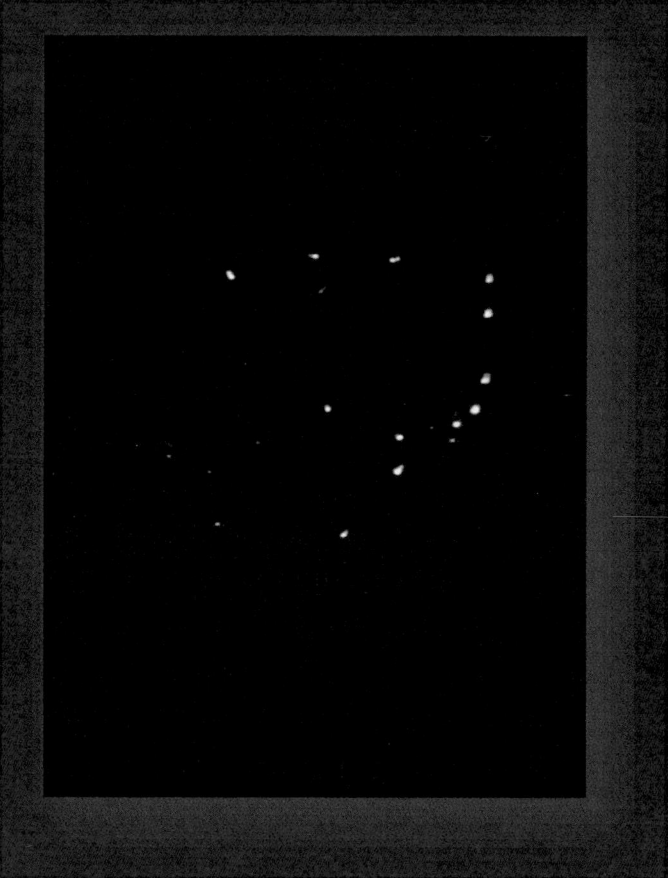

I. Zuerst ….

Leuchtkäfer oder auch Glühwürmchen (Lampyridae) sind eine Familie der Käfer mit weltweit etwa 2.000 Arten, die innerhalb der Überfamilie Weichkäferartige (Elateroidea) geführt werden. Manchmal wird der Name „Leuchtkäfer" als Bezeichnung aller Käfer verwendet, die Leuchtorgane besitzen. Außer den Leuchtkäfern im engeren Sinne gehören dazu die Federleuchtkäfer (Phengodidae) und einzelne Arten anderer Familien (Laufkäfer, Schnellkäfer, Prachtkäfer)…

Geburtskanal

Durch das Tor

Enge

Mauern aus Grün

Dunkelheit

Schatten

Beklemmung

Wo endet der Weg?

Wann endet er?

Endet er überhaupt?

Gibt es irgendwo Licht?

…………………

Es wir heller, heller, heller

Grün tritt zurück

Blau blinzelt zaghaft

Sonnenstrahlenhell

Auf der Welt!

Frühmorgens

Frühmorgens durch taufeuchtes Gras gehen

Beim Streifen durch den Zauberwald

Farne, Efeu, Waldboden unter den Füßen spüren

Nassglänzende Blätter

Modrig – frisch spiegeln Licht

Eine blasse Sonne wärmt zaghaft

Den beginnenden Tag

Sich entkleiden –

Leicht frierend

Ins Wasser springen

Jung und neu

Wie Eva am ersten Tag

HABSBU
DOPPELWAPPE

Ein anderes Land

Kleine Fluchten

An Orte

Wo keiner

Hinkommt

Außer wir -

Daher

Gibt es dort

Nur

uns

Magic

Tage wie dieser

Magisches Licht

Grün und blau

Ein wenig weiß

Durch verzauberte

Gärten streifen

Einen Hügel besteigen

Den Blick im Tal verlieren

Bis zum Horizont

Satori

Pflück mir Mohnblumen im Winter

Lass es nachts schneien

Schenk mir das Glitzern von Schneekristallen

- Keinen Brillantring –

Spring in einen Gebirgssee im Oktober

Flieg mit dem Karussell in den Himmel

- Aber halte dabei meine Hand –

Schenk mir Ewigkeit

– für einen Augenblick –

Bedecke meinen Leib mit Küssen

Und lass die Welt draußen

Rush hour

Rasch

Schneller

Immer schneller

Vergeht was war

Gestern

Heute

Morgen

Viel zu rasch

Keine Zeit zu verharren

Jetzt folgt jetzt

Keine Zeit

Sommermorgen

Morgen wie frisch gewaschene Wäsche

Vom Zwitschern der Vögel aufwachen

Tau auf der Wiese

Die Natur atmet den Tag

Alles ist möglich

Heute-hier-jetzt

Kreuzung

Alt und neu

Bekannt/unbekannt

Bewahren/entdecken

Hart/weich

Heiß/kalt

Zusammen/getrennt

Weggehen/zurückkehren

Altes neu aufkochen

Neues wagen

Melancholie

Ich streife durch grüne Wiesen

Unter Hohen Bäumen

stehe ich

Zwischen Licht und Schatten

Sehe ich

Die Schönheit der Welt

Klarer

Sommerbeginn

Es duftet nach frisch geschnittenem Gras

Nach Kräutern, Moos und Farn

Grüne Wände aus Licht

Wasser glasklar funkelnd

Diamantengleich

So wandle ich mit dir

Durch

Einen

Magischen

Garten

Wo nur wir beide

Sind

Verkehrsknotenpunkt

Kreuzung

Hier haben sich

Zwei Leben getroffen

Hier zwischen

Gestern und morgen

Im Jetzt

Nichts ist schöner mit dir

Frühling im Winter

Ein unermesslich blauer Himmel

Über dem Land

Die Welt eröffnet in Klarheit

Unendliche Horizonte

Danach

-

Doch heute

Am letzten Tag des Jahres

Geh ich Hand in Hand mit dir

Losgelöst von Schwerem

Singen wir mit den Wellen

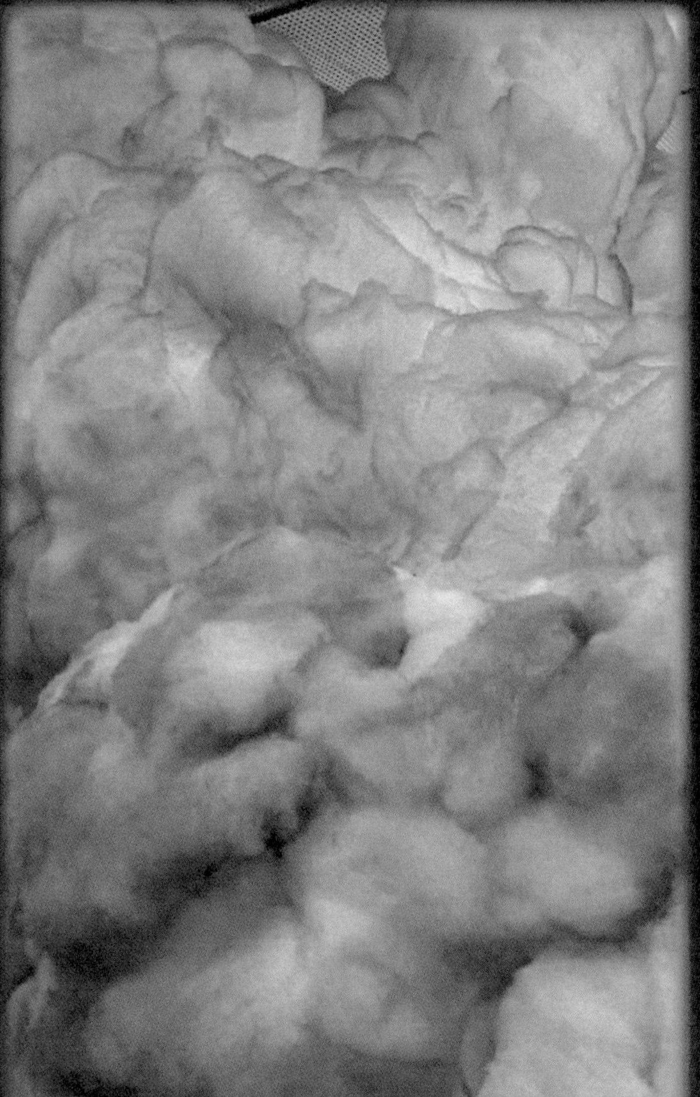

Verwechslungen

Den Beifall der anderen brauchst du

Und verwechselst ihn mit Liebe

Die Anerkennung der anderen brauchst du

Und verwechselst sie mit Vertrauen

Die Zustimmung der anderen brauchst du

Und verwechselst sie mit einem Gespräch.

Du brauchst auch noch das Alleinsein, das Gefühl zu haben,
Dass du keinen brauchst

Aber du merkst nicht, dass dich das einsam macht

Du glaubst mutig zu sein,

Aber mutig sind nur die, die den Weg gemeinsam gehen

Gefallen

Gefallene Mädchen

fallen tief

Es gefiel ihnen, das

Mädchen!

Der Gefallen

den sie ihnen tat

Ließ sie

TIEF fallen

Review

Die Krankheit machte mich fertig. Sie war unbemerkt in meinen Körper geschlichen, ohne dass ich es bemerkt hatte. Dort breitete sich aus, noch ehe ich wusste, dass es sie gab. Ein Geschenk der Liebe? Sicher nicht. Sie war meine schwarze Seite. Jene, die ich in bitteren Nächten verfluchte, fürchtete, bis meine Tränen sie zu Salzsäure, die langsam und unaufhörlich in mein Herz tropfte versdichtete. Ich hatte das Gefühl, einen Kampf kämpfen zu müssen der schon von Beginn an verloren war.

Trotzdem

************* *   *** ****

Jahrzehnte später

Lebe ich glücklich.

Beeing Aware of

Sehe ich dich an, so zieht sich mein Herz zusammen vor
Glück, dass es dich gibt, vor Sehnsucht,
Liebe und etwas, für das es keinen Namen gibt
Dann wünsche ich,
Die Zeit bliebe stehen
Es gäbe dann kein Gestern mehr und auch kein Morgen
Nur Jetzt und wieder Jetzt.

Sinn/Frage

Glücklich sein trotz Klimawandel, Krieg,
Armut
Unermesslicher Arroganz und Dummheit.
Glücklich sein in einer Stadt, wo das Leben
hart ist.
Glücklich sein trotz all dem,
Weil es keinem hilft unglücklich zu sein
Und ganz einfach, weil es trotzdem schön ist

Engagement

Wir wollen keine politische Partei gründen

Und auch keine Organisation.

Aber wir können durch unser Tun

Mehr verändern als wir glauben.

Vor allem aber durch das Vorbild,

Das wir sein können,

Wenn wir das was wir tun

Mit Liebe tun

II. Sprechen wir …

Viele, aber nicht alle Arten dieser Familie der Leuchtkäfer, sind in der Lage, Lichtsignale zur Kommunikation auszusenden.

Sprachlos

Nicht zu sprechen ist auch
Eine Möglichkeit,
Aber kann es dein Wunsch sein,
Verständnis
Zur
Unmöglichkeit
Werden zu lassen?
Wo ich doch
Von dir abstamme,
Einst gewollt und gewünscht
Nicht entsprochen
Entsorgt
Ausgeschlossen
Verlassen

Nein!

Versuche nicht

Mir nichts

Zu sagen

Ich sehe

Sowieso

Was ist

Offensichtlich

Wir müssen

Nicht

Über das

Offensichtliche

Reden

Wenn es

Sowieso

Schon

Da ist

Weniger

Weniger sprechen

Und mehr reden.

Nichts mehr erzählen

Alles wie es ist

So beginnt das Ende

Herzensnot

Was auf der Seele brennt

Will hinaus

Will gesagt werden

Will dort ankommen

Bei dir

Aber

Ich fürchte, dass

Du mich

Wieder in

Das kalte Land

Zurückschickst

Katzenschwanzweisheit

Wenn die Welt

Nicht so wäre

Wie sie ist

Dann

Wäre sie anders

Aber nicht

Unbedingt

Schöner

Verständnis

Am Rande der Zeit

Alles vergessen

Alles erinnern

Erfahren möchte ich mehr

Über deine Welt

Dann könnte

Ich dich

Verstehen

Reifeprozess

Je älter ich werde

Umso schwerer

Wiegt die Vergangenheit

Im Gegensatz dazu

Ist die Gegenwart

Viel leichter

Losgelöst

Hier

Im Dickicht des Waldes

Schlägt mein Herz langsamer

Seh ich klarer

Was mich ängstigt

Dort

Auf dem freien Feld

Löse ich die Fesseln

Öffne die Flügel

Und fliege

Hoch

断片と全体
流れ
TECHNIUM
Deleuze
THE FOLD
Deleuze

Vorbei/Reden/Schweigen

Meine Nächte allein sind schwärzer

Als Kaffee

Wenn ich denke, und denke und mich

Dabei immer einsamer, unverstandener,

Ungeliebter und fragiler fühle.

Die Wand gibt keine Antwort auf meine Fragen

Und auch nicht das Bett oder der Tisch

Ohne den Blick in deine Augen,

Kommt die Angst ungehindert

Springt mich an wie ein wildes Tier

Drum komm und leg dich zu mir

Halte mich und jag das Tier fort

Damit ich aufhören kann zu denken

Verlust

I quit

I give up

Nothing's good for anybody

Ich gebe auf, euch zeigen zu

Wollen,

Wer ich bin.

Bin ich jetzt

Endgültig

Erwachsen?

La maladie suisse

Die Krankheit der

Sehnsucht.

Die Sehnsucht der Kinder,

Die nicht um ihrer selbst geliebt wurden.

Das Leiden der Kinder, die

Um Anerkennung ringen

Aber Liebe ersehnen

La maladie suisse

La malaise du coeur

Macht einsam unter vielen

… lass uns die Mauer

Durchbrechen

Im Winter gehen

Du glaubst zu wissen, dass du im Winter sterben wirst. Ich denke auch manchmal an den Tod, wahrscheinlich, weil er seit damals immer Teil meines Lebens ist.

Ich möchte vor dir sterben, schnell und unvermittelt, ohne Wehmut.

Ich möchte mich nicht nach dir sehnen müssen und wissen, dass du fort bist.

Aber darüber nachzudenken ist sinnlos: Vielmehr möchte ich ganz einfach mit dir die Zeit, die bleibt in Liebe, Freude, mit tollem Sex, gutem Essen, noch besseren Weinen, Gesprächen, Tänzen, Kunstwerken, Abenteuern, Fluchten, Weinen, Lachen, sich unterstützen, …. Verbringen. Dann möchte ich mit dir in Framura auf dem Balkon sitzen und die Sterne aufgehen sehen, ich möchte mit dir im Piemont einen unverschämt langen Spaziergang machen, im Hotel Traunsee zu viel essen und zu viel trinken, einen Stern oder mehrere bauen, in eine Wohnung mit dir ziehen, etwas für dich schreiben, dir einen Tee kochen, wenn du krank bist, deinen Kindern zuhören, wenn sie mich brauchen, für meine Tochter da sein, gemütliche Essen zubereiten – nein Galadiners … all das möchte ich mit dir und noch viel mehr bis hin zu einem Horizont der niemals endet

Mondfinsternis

Komm, verstecken wir uns hinterm Mond

Oder in einem Schneckenhaus.

Wir können auch

Auf Bohnenstangen klettern

Auf jeden Fall gehen wir gemeinsam

Und stecken unsere Liebe

In die Tasche und auch unsere Lust

Vorher aber

Vergiss nicht, das Licht auszumachen,

Denn von nun an ist es dunkel

Regen/Erkenntnis

Es regnet, während ich durch fremde Straßen gehe. Um mich herum, vorweihnachtlich dekorierte Schaufenster, Weihnachtsbeleuchtung, Zimt und Vanilleduft.

Ich fühle mich allein unter Vielen. Ich kenne niemanden und niemand kennt mich.

Jeden Tag gehe ich vom Stadtzentrum zum Hotel. Ich kam vor einer Woche hier an. In einer Stadt im Norden Deutschlands. Ein Land, dessen Horizont weiter ist als das Auge reicht. Unendlich. Wäre es Sommer, so könnte ich in die Unendlichkeit blicken. Es ist aber nicht Sommer, sondern Dezember und dunkel, sodass ich nirgends hinblicken kann außer hinein in mich selbst.

Die Traurigkeit, die ich spüre ist unermesslich. Ich wurde getrennt von der Welt. Abgeschnitten von den anderen, die nicht haben, was ich habe. Es ist, als hätte ich ein neues Land betreten. Eines, das mir nicht gefällt, wo ich niemals hinwollte. Trotzdem bin ich nun hier – auf der dunklen Seite.

Es regnet noch immer. Meine Haare, mein Mantel, die Stiefel – alles ist nass. Endlich erreiche ich das

Hotel. Ich durchquere die Lobby, nehme den Fahrstuhl und öffne die Zimmertür. Das alles geschieht, während es draußen regnet und ich drinnen innen traurig bin.

Ich trockne mein Haar, ziehe mich um und setze mich auf den Boden. Ich schließe die Augen.

Ich höre den Regen auf das Fensterbrett klopfen. Im Raum ist es dunkel und still, außer dem Regen höre ich nichts. Vielleicht meinen Herzschlag, vielleicht noch meinen Herzschlag

Das geschieht oder geschieht nicht, während die Welt sich weiterdreht. Während Menschen geboren werden und andere sterben. Während es hier bei mir regnet, finden anderswo auf der Welt Kriege statt, und wieder woanders heiraten vielleicht – nein ganz sicher – Menschen, die sich lieben. Ich sitze einfach da. Ruhe breitet sich in mir aus. Was wäre, wenn ich jetzt wirklich gehen müsste? Was wäre so schlimm daran? Ich beginne, mir ernsthaft diese Frage zu stellen und gleichzeitig wird mir dabei klar, dass das ja hieße, wirklich zu sterben.

Was wäre so schlimm daran? Draußen regnet es stärker. Das Klopfen wird etwas heftiger.

Was? Ich fühle mich ganz wohl so hier in mir. Mir wird bewusst, dass es vielleicht gar nicht so schlimm wäre – für mich. Dass Sterben vielleicht ganz sanft vor sich geht. Wie einschlafen oder träumen. Traurig wären wohl nur die anderen. Jene, die mich lieben, oder denen ich etwas bedeute. Vielleicht. Es regnet weiter weiter... was bilde ich mir eigentlich ein, dass mein Leben so wichtig ist, so besonders, angesichts der Tatsache, dass Tausende Menschen jeden Tag, jede Sekunde gehen, vor der Zeit gehen… warum sollte ich eine Ausnahme sein? Weil ich es als Zumutung empfinde, gehen zu müssen? Das denke ich, während es regnet und die Nacht vom Himmel fällt, alles einhüllt in eine samtschwarze Decke. Ich denke weiter: Materie vergeht nicht. Niemals. Was da war, bleibt da. Es ändert wohl die Form aber es kann nicht verschwinden. Wasser verdunstet, steigt auf Wasserdampf bildet Wolken, es regnet, regnet und so weiter. Ich fühle, nein weiß, dass es in mir etwas gibt, das unsterblich ist, auch wenn ich gehe, bleibt es. Es gehört dem All und nicht der Welt. So einfach, so klar.

Währenddessen regnet es Ströme vom Himmel und ich denke, dass ich jetzt ja noch da bin und es sowieso kommt wie es kommt, es keinen Sinn hat, sich zu fürchten oder traurig zu sein, denn jetzt bin ich ja noch da, während es regnet, regnet, regnet ….

Zeitgewinn

Ich verliere keine Zeit

Vielmehr sammle ich

Augenblicke, Stunden, Tage ..

So habe ich folglich viel mehr Zeit

Als jene, die sie verbrauchen

In den meisten Fällen werden die Leuchtsignale ausgesendet, damit männliche und weibliche Tiere zur Paarung zueinanderfinden. Die Signale selbst sind ganz unterschiedlich. Bei manchen Arten besitzen nur die Weibchen Leuchtorgane, bei anderen beide Geschlechter. Manche Arten blinken, andere senden Dauerlicht aus. Die Signale sind arttypisch und unterscheiden sich in Länge und Rhythmus. Beim nordamerikanischen *Photinus pyralis* haben auch die Männchen Leuchtorgane, wobei die etwa zwei Sekunden dauernde Verzögerung der Antwort des Weibchens für die Erkennung entscheidend ist. Bei einigen Arten z. B. *Pteroptyx gelasina* und *Pteroptyx similis* – synchronisieren alle Käfer der Umgebung ihre Blinksignale, so dass ganze Busch- oder Baumreihen im gleichen Takt blinken.

Melancholie/temps perdu

Sich zurückdenken an unsere Hochzeitsreise

Wir haben auf französischen Märkten eingekauft,

Als würde nun unser Zusammenleben beginnen

Wir entwarfen eine Zukunft wie ein ausgebreitetes
Zitronentischtuch und malten unser Leben

Auf weißen Wänden bunt

Wir kamen wieder heim.

Jeder in seine Welt

Die Sachen haben wir verschenkt

Ver – rückt

Über die Welt

Hat sich ein

Sternenteppich gelegt

Wir beide stehen darauf oder

darunter

Es ist gleich, ob

Vergangenheit oder Zukunft

Jetzt

Torri del Benaco

Hier waren wir … glücklich

Als Familie …. du und ich

Mit unserem Kind

Damals dachte ich

Nichts könne uns trennen

Wir wussten nicht,

Dass der Zenit schon überschritten war

Heute weine ich um das was niemals war.

Meine Nächte ohne dich

In meinen Nächten ohne dich
Denk ich an dich
Dann bist du bei mir
Ich spüre dich überall:
Auf dem Bauch, auf der Brust, im Gesicht,
Auf den Schenkeln und da und dort und
Überhaupt geht mir das Herz auf,
Wenn ich an dich denk
Mich zurück erinnere
Und auf den Tag freue

Minierotikum

So unbedingt gerne

Von vorne

Links und rechts

Möchte ich

Zärtlich

Und immer wieder

Und hinten

Kreuz und quer

Dich

Vernaschen

Das Lächeln der grünen Fee

Ein Tag wie keiner zuvor

- Und keiner danach –

Noch wissen wir nichts

Über das Lächeln der grünen Fee

Noch spazieren wir

Durch die Stadt

Noch sind wir ein wenig

In der Zeit gefangen

Noch ahnen wir nicht

Dass uns die grüne Fee

Sanft lächelnd

Aus der Zeit entführen wird

Damit wir all-gegenwärtig sind

Fragile

Das Glück ist ein Haus aus Glas

Durchscheinend

Davor und dahinter

Gleichermaßen sichtbar

Erschütterung

Lässt Glas brüchig werden

Und

Zerspringen

Ortswechsel

Das Meer noch in den Augen

Empfängt mich

Regen

Ich bin noch dort

Während ich

Hier bin

Transit

Liebesdilemma

Nichts kann trauriger machen

Als eine zerbrochene Liebe

Nichts schneidet mehr ins Herz

Als der Verlust

Warum wieder

Einen Anfang wagen?

Ganz einfach, weil

Die Liebe alles heilt

Oxytocin

Regentropfen am Fensterbrett

Deine Haut

Wenn ich schlafe

Immer nah bei dir und auf dir

Köpfe zusammenstecken

Kleine Welten erschaffen

Himmelwärts träumen

Unbeirrt flüchten

Schmetterlinge im Bauch und Grillen im Kopf

Mit dir ist es vernünftig verrückt zu sein

Melancholie

Herbst nähert sich leise

Getarnt durch Sonnentage

Schleicht sich müdes Licht auf trockene Blätter

Die Abende werden kühler

Die Morgen ebenso

Es neigt sich das Jahr behutsam

Wird sanft

Alles findet seinen Platz

Verwirrung wird Klarheit

Verliebtsein weicht Liebe

Vielleicht

Häagen-Daz

Perspektive/Wechsel

Aus der Ferne klarer sehen

So klar, dass es weh tut

Aber nicht, weil es schlimm ist,

Sondern so

Unfassbar schön,

Dass ich kaum

Glauben kann,

Was für ein Glück

Ich mit und durch dich habe

Herbst/Sonnentag

Durch einen Herbstnachmittag

Unsere Wege gehen.

Sie allein gehen

Ein unfassbar blauer Himmel

Wind lässt Blätter regnen

Weit der Horizont

Glücklich mit mir

Freue ich mich

Auf dich

AN A REVOLUTIO

Vom richtigen Zeitpunkt

Es ist Zeit

Für Versöhnung

Es ist genug

Mit Streiten, Diskussionen, Wut

Mit Rechthaberei, Kleingeistigkeit

Es reicht mit dem beleidigt Sein, dem Selbstmitleid

Geht den ersten Schritt

Seid großzügig

Erinnert euch, dass ihr auch nicht perfekt seid

Reicht euch die Hände

Und zeigt der Welt,

dass es noch Menschen gibt

Stich ins Herz

Ein Blick

Ein Wort

Ein Satz

Dahingesagt

Einfach getan

Nichts dabei gedacht

Doch während

Du nichts ahnst

Zerbricht

Eine Welt

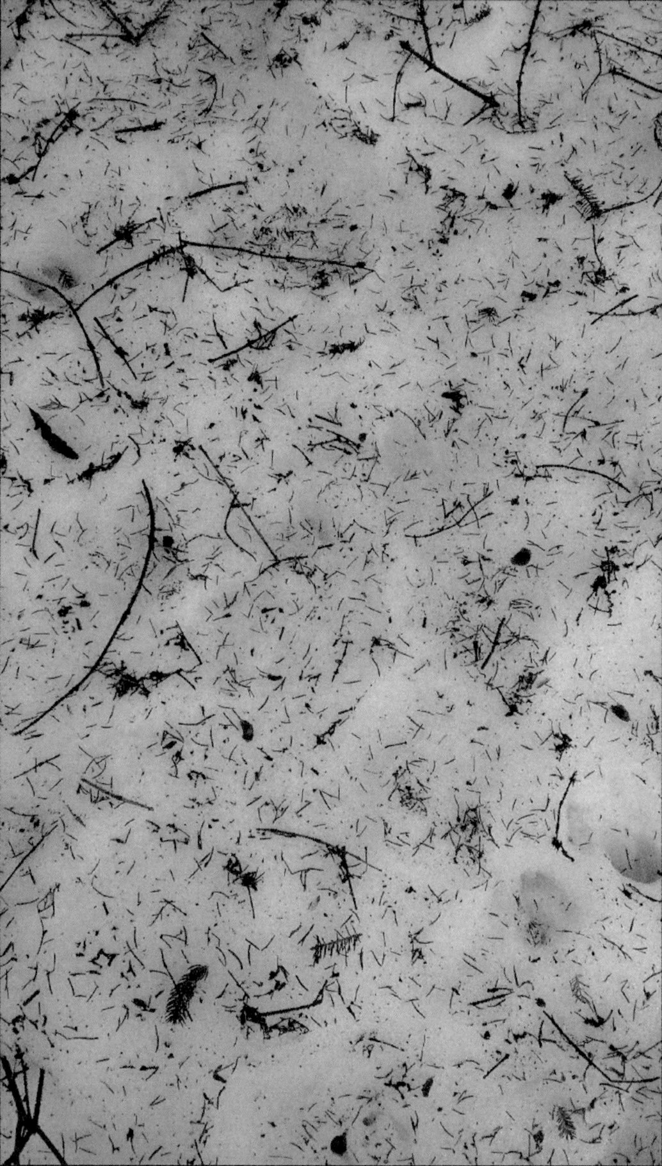

Tag und Nachtgleiche

Wenn die Nächte zu kurz sind,

nähen wir ein Stück Morgen daran.

Der Tag wird dann zwar kürzer,

aber die Nächte umso länger.

Sprachlos

Morgen früh hast du alles wieder vergessen.

Du wachst auf und alles ist gut.

Ich aber vergesse nichts.

Nichts was nicht gesagt wurde und auch nicht das, was gesagt wurde.

Vor allem aber nicht das, was ich gedacht, aber nicht gesagt habe und das, was ich gefühlt, aber auch nicht gesagt habe.

Und so wird allmählich das Nicht-Gesagte zum Unsagbaren, weil ich selbst nicht mehr weiß, was ich nicht gesagt habe und wie ich es jetzt endlich sagen könnte.

Dies liegt daran, dass es jetzt unsagbar geworden ist.

Ob wir uns dann noch etwas zu sagen haben?

Vertiefung

Letztes Jahr tanzten wir auf der Brücke ins neue Jahr

Alles war neu, fremd, überwältigend

Aufregend, ein Kaleidoskop der Gefühle

Ein Herzübergehen, eine Freude an unserem Glück

Und dem Leben überhaupt

Nichts war unmöglich, alles gelang

Dieses Jahr begannen wir auf einem Berg über der Stadt

Auch heuer haben wir getanzt

Dazwischen sind wir

in ruhigere, aber tiefere Wasser gefahren

Langsam

Vorsichtig haben wir uns geöffnet

Was ich gesehen habe ist schön

Gerne bliebe ich bei dir

Regen und Kaffee

Ich trinke Kaffee und sehe aus dem Fenster, während es draußen regnet.

Du sitzt mir gegenüber und ich sehe dich an und denke wie glücklich ich bin, dass wir diese Zeit miteinander verbringen.

Das denke ich, während es regnet und ich Kaffee trinke und dich ansehe.

Wenn ich aus dem Fenster blicke, dann sehe ich dichte Wolken am Himmel.

Es regnet sanft grüne Sterne auf das Land

Frühherbstmelancholie.

Ich mag das Regenwetter und besonders mag ich, wenn du bei mir bist.

Die Tür geht auf und herein kommt ein Mann.

Ein Mann mit einem Zylinderhut auf dem Kopf und einem alten braunen Hund an der Leine.

Der Mann hat lange Rastazöpfe und trägt einen Hut und einen schwarzen Anzug. An den Fingern hat er viele silberne Ringe. Er wirkt wie ein Gruß aus einer anderen Welt. Hier im Landgasthaus.

Das passiert, während es regnet und ich Kaffee trinke und dich dabei ansehe.

Gleichzeitig aber muss ich auch ihn ansehen. Ich sehe dich an und sehe ihn an. Ich möchte ihn nicht ansehen, aber irgendetwas fasziniert mich an diesem seltsamen Mann mit dem Zylinder und dem Hund.

Er bestellt Kaffee, rührt Zucker in die Tasse, telefoniert. Der Hund liegt unter dem Tisch und rührt sich nicht. Ich trinke meinen Kaffee, schaue dich und gleichzeitig ihn an.

Unvermittelt treffen sich unsere Blicke. Er lächelt mich an. Ich lächle zurück. Wir verstehen uns - ohne Worte.

Wir sehen uns nur ein einziges Mal ganz kurz an.

Dann geht er. Er geht, während ich meinen Kaffee trinke, dich ansehe und der Regen an die Fenster tropft.

Sehnsucht/Abend

Am Rande eines Tages

Grüngoldene Träume

Von einem Leben

Mit dir,

Das es wahrscheinlich

Niemals geben wird

Etwas

Für dich werde ich

Niemals

Königin sein

Und schon gar nicht deine Muse.

Vielleicht aber deine Freundin,

Deine Geliebte oder einfach jemand,

der dich mag

CHAT
GENTIL

Was ich mir wünsche…

Ich wünsche mir, dass du mir sagst, was du für mich fühlst

Ich wünsche mir, dass ich mit dir einschlafen und wieder aufwachen kann

Ich wünsche mir, dass ich für dich da sein kann, wenn du mich brauchst

Ich wünsche mir, dass wir einander vertrauen können

Ich wünsche mir, dass du dich wohl fühlst

Ich wünsche mir das ultraromantische Leben

Ich wünsche mir, dass wir zusammenleben können –

Nicht irgendwann, sondern bald, denn das Leben ist zerbrechlich wie Glas

Ich wünsche mir, dass wir eine Gegenwart leben und einen Horizont, der niemals endet

Wahrscheinlich wünsche ich mir das Unmögliche, aber für Träume gibt es keine Beschränkungen.

Hope
is a
kind of
featherthing